RAFTCRAFT

表紙装画：
Stasys Eidrigevičius "King Ubu"
The Nowy Theater in Warsaw, 1990
武蔵野美術大学 美術館・図書館所蔵

たなかあきみつ

境目，越境

境目、越境／目次

詩集　境目、越境

《夥しい埃の edens》

エニシダという細身の揚羽蝶もどきが血に飢えて生花市場からカットソウ
かつてないほど埃っぽい鏡に映り込むこの花名を dusty miller と命名直後に早速
dusty mirror と（蛾を鏡と）誤読したくなるそこではずむ無音のHの hiniesta yellow
リンゴが埃っぽいアトリエでもっぱら vampires の歯牙と等号で結ばれるとき
ルカによればその前夜に黄まだらのリンゴは暗赤色の頸部に変容する
リンゴは血を噴く、ほら一九三〇年代ミュンヒェンの闇の印画紙上を斜めにしぼれ
詩人ウラーノフによれば《完熟リンゴ間で孤絶や静寂や空虚を貯えつつ》も
鈴なりのリンゴの皮しだいで暗赤色があるいは脳裡の黄色があるいは黄緑が
リンゴの実をかじってはかむそのかじかむ歯間で岩漿の血に染まるブラシよ
リンゴの芯は血の空き箱の把手だとしたら
このリンゴがたとえば駱駝の単峰（ひとこぶ）へと変形しかけている脂肪なだれの理由はなにか

革命の頭上にばかりか permanent なる形容詞をそっと被せる色名の黄色に集光しつつ
集合住宅の通用口の尖端がさびた有刺鉄線以上に血はリンゴの皮にどっと流れだす
まさしくトロツキイのひび割れた眼鏡を咬む地は濃霧の盲野であれ
脳内ならいざしらずこの頃は黄色く紛糾の種の金蓮花
僧帽弁（ミトラル）のもっぱらかげぼしの血の空き箱や針金すら
残念ながら地面には落ちていないキリンないしオケピの縞模様の長広舌もまた
血の臭いを恣にして、傷だらけのリンゴよ
リンゴの果肉はπの字形に海辺の歯槽で仮眠する

依然として埃っぽい鏡は黄熱のスネアドラムにやんやの撥さばきで反撃する
リンゴの憂鬱を描ききるまずはその習得作業をこそ思えしらじらと遺留分（レゼルヴ）を
さすがに揚羽蝶もどきの展翅模様のむせるジャングルに腐心する前に……
それでもあれかこれかではなくリンゴ酒の古樽もいびつなリンゴの座位も……
ところでマンレイがりんごのへそで寝そべる釘を

一九三一年に活写している、埃の床景も一九二〇年に
いみじくも《埃の養生》と名づけて
撮影したぼろぼろ骨肉腫の《夥しい埃の edens》よ

フレーブニコフ鶴のクルルィーによりかかりもっぱら細心にクールダウン
しかもポテトチップス仕様の雲の綿毛は青灰色に喰いちぎられて流れるその果てまで
暗赤色の油煙が充満する《グラジオラス》を描いたハイム・スーチンによれば、
生郷（ベラルーシ）の《見上げる空はどんよりした灰緑色であった》それとも地球上を覆う《灰色の
カオス》か？ 谷底のフレーブニコフ石が（それとも Central Park に漂着する迷子石が）やたら
横殴りの風の edens を欲するのは本当だ、

このほど古本屋で原色岩石鉱物図鑑と《石が書く》を購入した。
こんなにも無風の連鎖だとベンチの石の目ががぜん瞠目して大気に映り込む、
なんだか息苦しい、バナナボートに乗り込む死魚である燻し銀のペーパーナイフのように

埃のエデン――2

大都市の元・底なし沼のメタンガスのように肥大化する《埃の木》
消えては現れる書籍の湖水のようにさまよう《埃の森》
触るなこの見えない部厚い《埃の手》にすっかり錆びた鉄鉤に
かつタツノオトシゴの止まり木たるピンクの綿棒に
(National Geographic 誌日本語版二〇一八年六月号参照のこと)
アルツハイマー博士の歯周病にどんどん蝟集する
進行中の砂の薔薇たる忘却の塔が何本も屹立する
港湾の高速道路の登坂車線でナトリウム光線にぐねっと浸され
またもやデスペレートな砂嵐を巻き込んでネズミ＝《埃の鳥》が飛び立つ

このごろ鳴りを潜めていた小石どもがおもむろにごろまく

恐竜いとしやゴビ砂漠にはわが夢の《地底旅行》という黄金が埋葬された
サップグリーン色にはほど遠い蠣殻《埃の森》は暗鬱になるばかり
飛散寸前のこの埃の薔薇のブーケには触るな
pietra serena すっかり寝静まった灰色石よ
引用の反芻胃を励起させよ斜めに抉れたブロンズの横顔を
冒頭の＋R指定のルーメンなる動物学用語も
取り急ぎダストシューティング！　埃の夢の盲野でのたうつ
白昼斜陽のガソリンタンクの上で（往年の歌ならガソリンアレイで）
虎縞の猫は埃ともどもまどろむあわや garbage には
たとえそのまま二、三時間経過しても

猫の銀色のヒゲは日向の渚をじんじんメタリックに造影する
なにしろここでは針とび蜂の巣こてこて気球
じゃなかった逆光線とてやんやの喝采で
ぎらっと波形ブリキの声帯でマヤコフスキイ相貌の《声を限りに》

なにしろいまわの際の光とびだから
イヴァン・ゴルの《夢の草》の隕石の金属性を鏤めつつ
ギベオン隕石めがけて矢印耳の鮮血の文字獣オドラデク
Widmanstaten Structure めがけて
さらにはその矢印耳の推奨物件めがけて
あらゆる紙の毳立ちやドライフルーツの翁皺みたいに
い、い、い、
金属学的にトラヴァース！

［補註］
＋R指定＝rumen（＝反芻胃）は lumen（＝光束の単位）と頭文字で対峙している、轢断死体
さながらに。

見なれた風景

《ヴァニラの木》をめざす

甲高い声という発熱のマテリア
救急搬送のトリアージュまで
既視の刃の両面をぎらぎら
駆け下りるボラーニョのベイサイドまで
エンドレスノイズの裁ち鋏よりも
端本のアキレス腱よりもするどく

そもそも殺風景であればこそ
どの風景も漂流するもの

錆びかけた釘だらけの
デシベルの頭部を咬み
ひからびた塗料がびらびら
内転する抱擁までの
距離の不確かさ

はてさて
今でもラジオ空間で陽水は叫ぶ
warp! warp! warp! と三連続で叫ぶ
それでも動じないマンホールの鉄蓋よ

めくるめくざら紙の毳立ちのように
彼のビロード声は雨中でも
宇宙塵さながら口ずさむ warp! warp! warp!

詩的ポンジュのオイスター・バー

ポンジュ瓶の硝子ごしに

セピア色に沈む校庭の metasequoia のよそ事になる瞬間を予期して斜線で
ゲッシ類願望の実現をはかるプロフィールの赤色でも緑色でも絵の具よ
もっぱら《バルトークSQ》暈倒の傾斜角はきびしい。現行の闇の要木枠か
そもそも暗渠への driving-diving か案外滑り込む超ジュラルミンケースの銀色か
思案の刺客の耳もとでは豹のタップダンスがじんじん檻の床を踏みならす

まんじりともせず詩人ポンジュ氏の操る単純未来形を待ち伏せれば
たとえば《冷却の緩慢なカタストロフ》の歴史と度しがたく絡みあい
《永続的風化の歴史》は垂涎のポンジュ詩集が某図書館の廃棄本でありながら

その相互のデリケイトバランスを動物園の白熊のように黄ばんだ鍾乳洞で
牡蠣のレモン汁を満喫するには
《刃の欠けたナイフ》を予め所持するしかないだろう

マルドロール発祥のデブリの swing に対抗するには

間断なくじゃりじゃり（ラジオの音声を）ノイジイ・マルドロールを
サッカー選手並みにリフティング続行中、すかさず朱色のデブリに取り付く
いそいそとガレ場の歓待する剣山という退屈な類推の山のディストピア
錆びた隕鉄の物体的意地は断続的捻挫＆光の歪みとしてまずは快哉を叫ぶ
インヂゴ地にグレイという錆迷彩の非常線の裏をかく雑色の腸（わた）とて《抜去（ばっきょ）》
鶏頭デブリの小首を傾げる間もなく解体された消火栓、これほど励起する
静かな修羅場における不機嫌とファイト機運は果たして森林浴のヴィスか

近頃やたらと不眠症をかこつボクサーにも、フェアトレードのバナナを
投入せよ、体内に潜入直後の元Kサーカスのブランコ乗りもびゅんびゅん
間断なく絶食（＝減量）のスウィングドアを煽る超絶的オクシュモロンは

［補註］
《冷却の緩慢なカタストロフ》の歴史と《永続的風化の歴史》＝ポンジュ詩篇《小石》からの部分的引用。
《刃の欠けたナイフ》＝ポンジュ詩篇《牡蠣》からの引用。

(ない窓に)

ない窓に灰色のサッシがきちんと嵌っていても、
乾いたサウンドが無限大へと突き抜けていく
鉄梯子にして《キュキュキュ》ともっぱらチェーンソウばむ
もはや火の蟻のうごめきは破断寸前、
たとえばナマケモノの前身たるミロドンの頓挫する痕跡
ごうごう風の音やまず脳天の空色は底知れず
刻一刻銀色のカラビナを生やしたまま

ない窓の蟻の催眠的《キュキュキュ》はことさら凪いで
放浪詩人スナフキンの夏草色の防寒着ごと
白夜の蜜の味えんえんと

早生のザボンのシロップ漬けにどっぷりつかり
メイズ状を呈するカタツムリの背中
旅立ちの肌色の夏服とちょこんと束ねた後ろ髪とて
口腔内の微風にもごもごそよぐ火事の現場、黒焦げの出棺よ

鉄のグローブが血まみれの雲間にない窓から顔を出す、
シベリア横断鉄道の路線図からせっせとスティンキイの針毛もどきに
ワープした尖った窓ガラスのかけらに浮かぶマリーナの童顔
そのシニョンのような後ろ姿の破片がきらめく、
ところで朝から解凍中の鮭の切り身は更なる刃先を待つ
新参者の骨ならば白く浮いたあばら骨の隊列、
その下には脂肪の白い隊列

［補註］
《キュキュキュ》＝村上貴弘『アリ語で寝言を言いました』（扶桑社新書）からのアリ語の引用。

スナフキン、スティンキイ＝いずれもトーベ・ヤンソン《ムーミン》シリーズに登場するキャラクター。挿絵はもちろんすべてヤンソンの自筆。

廃市プリピャチの草緑色の壁の前には

浮遊しつつ立ち尽くす往年のガイガー氏のどす黒い内臓に
潜り込むマイクロシーベルトという放射線量の単位の発熱
ぞんざいに銀髪を垂らした人形が
ちょこんと学童用の木の椅子に
腰を下ろしているスナップショット&あたりの床一面には
ヴィスのようなコンクリ片がぎっしり&
足首も散瞳もぐらぐらだ、アンダンテ・ノン・トロッポ
どうにもじゃらじゃらせわしない、セシウム等の放射性突起よ

さて緑よ、過剰なる緑よ
緑なす歯ぎしりの底辺から

宙空でのヴァニラ・シュノーケリング、じりじり熱をおびる無風
Gerd Ludwig の撮影したどの写真の灰色にも
コンクリ片のデシベルの歯牙が乱雑に放置されてあり
それははなればなれの異語の光の爪痕
あるいは岸辺なき生傷（砂利ばむ雷鳴の花弁……）
針千本よ渇水期であれ増水期であれ
傷だらけのレンズの河床だが
熱風による眼窩陥没にもにて漣痕のほつれよ
キアロスクーロの土管内さながらよもやケーソン病に
かつてのダンサーたちはアスベスト禍をいとわず床を這いずりながら
G線上で肺が陥没しないように岩の輝く緑をふりしぼる
ふりしぼるからには、折からの無風の後ろに
雑色という名の色名表示はない

Alberto Burri の底なしの闇の亀裂よ

地峡のますます《オーヴンの熱》で黒ずむ亀裂であれ
J・Jのやつぎばやに真っ白に白ばっくれる亀裂であれ画面は
ならびにプリピャチの廃校の床景のスナップショットには
今でも防毒マスクの群れが、なしくずしに死鯨の大群が
《灰色の浜辺》も同然にぐしゃりとごった煮のよう
——エコツアーの観覧者の眼球に
粉ごなに割れた不確定性のガラスが飛び散る

［捕註］J・J＝ギタリストジェフ・ベックのジェフと画家ジャクソン・ポロックのジャクソンの合成。

画家パーヴェル・チェリシチェフへの追伸

ブラインドフィールド行きの、いまや光速走行の
フレーブニコフの《蛇列車》に飛び乗って
Starbucks coffee で途中下車した、
思わずコーヒーのレシートの裏に描いたものだ、
愛用のシュテッドラーの lumograph H で
宇宙の金属的引っ掻き傷の迷宮を、
熱砂のナミビアで採取されたギベオン隕石の表面上をなぞるかのように
どの文字もどの絵の具も常に海鼠（トレパング）としての外科用穿孔器（トレパン）である。
ただちにじっくり観察してみろ
《メルクリウス》というタイトルの口絵を、これは
五〇年ぶりに繙かれた Tyler の古書に収録されてある

脳の内外の光の血液循環を
すなわち永続的な光の先取りを！
すなわち新たな光学的トポロジーの奪取を！
（画集《チェリシチェフの楽園》に所収のイナシュヴェ等々の作品を参照のこと）
さあ、光の《最後の晩餐》を満喫しよう。
それはダリ作絢爛たる《ガラの晩餐》、十二皿の肉皿から成るこの連作とも異なる、
チェリシチェフの静物画を囲む枠の内外で
色彩論的に言えばタナトスが生き生きと＝
いざりながら躍動中で、たとえば葡萄もチューリップも
カンブリア紀の化石をほうふつとさせる。
両者を見て同様の興奮に駆られるのは
両者の共棲のしわざ、チェリシチェフの《かくれんぼ》（エスキス）
ならびにオルドビス紀の promissum のしわざ。
ところでチェリシチェフの描く人物たちははるかに腐蝕的である、
アルチンボルドの野菜と果物から成る顔面よりも、

（予告ポスターに大書されたアルチンボルドの《謎》への期待値よりも）、
チェリシチェフによる数多くの解剖図譜はもっぱら
コーノフの一九八〇年作の詩篇《バラード》における
解剖用メスの至上命令を想起させる、《解体しろ！》とそそのかす、
またもや脳の内外で《日没間際の光はざわめいた》（と推理小説の一節が不意によぎった）
ほら彼の絵画（＝光の神経都市）への光の飢餓の介入だ、
ほら夢の過剰投与だ、
エデンの園におけるしつこい盗汗としての
時間の埃の点滴としての

［補註］今は亡きケドロフの詩誌にロシア語で寄稿し、掲載された。その作品を日本語に訳した。出色の画集『パーヴェル・チェリシチェフの楽園』（二〇〇五年刊）を憧憬しつつ。

〔ウナギのうしろ影は〕

ウナギのうしろ影はもっぱら
鰓蓋もどきのレンズどうしだとしてもレアル
しどろもどろにメビウスの蝶結びが切断されて
その血がばしゃばしゃ滲む《レアル》の岸辺で

いつも摑み損ねていた
ウナギの行方については
Alzheimer 氏の記憶の遠い声はまったく言及しない
ウナギを追う眼光のカンテラの火影にも
ウナギの肉の動線はのたうちまわる鞭

いわば眇で撫で肩でやみくもに
夏の嗄れ声が回廊に与する、それとも
その頭頂部でもっと暗い稲妻はぎざぎざ弾けよ

ウナギののたうち、すなわちグイッツォの
ぬるぬるした質感についても放火の
記憶の消失が実景の焼失と折りかさなれば
ウナギの棲む川の水嵩はますます空荷になるだろう

ウナギの陽炎に最接近する《無題》という名の苛烈な水域
ウナギの流木、すなわち後年の旅路の友・鰻煎餅とて
脳裡の黄緑の沼地を蛇行するウナギ切手の図柄
流木の残水は無観客の頭部に刺さる折れ釘になる

やや細身の生物の元高校教師の脳内で

またもや健在の溶けない《氷の塔》の方位がずれる、
あるいはマンディアルグ氷河の火花散るアヴェマリアよ
シューベルトの喉の冬の《迷子石》のころがり係数はウナギのぼりだ

（ノイエザハリヒカイト）の読後感

ノイエザハリヒカイト《カオスモス》の読後感の
皿の上には
司法解剖の結果としての
取り出された臓器の名称と数値が載っている

たとえば盛りつけできたてフラクタル
オッフェンバックの矢印カンツウの拍手喝采
歯ごたえばつぐんのフランクフルトソーセージのように
加害者にして被害者の《脳一千三百八十グラム
同じく《心臓三百四十グラム

同じく《右の肺七百九十グラム
同じく《左の肺六百三十グラム
同じく《脾臓百五十グラム
等々と、真下で待ち受ける
》はぐらぐら宙吊りだ
本日もどんより曇天の息苦しくも
内耳空サーキットでの赤星得意の軽打です
あるいは低空の気球の籠のように

あるいは喜歌劇コウモリのダンスに合わせて伸縮すると覚しきモランディ印の瓶３本
スプーンはといえば青みがかった緑灰色の空中遊泳
右サイドから左へゆったりべとつく赤褐色の甘酒ロゴ入り瓶1本
この蜜蜂を描くとずんぐりむっくりだアルバータ州産の蜂蜜の瓶だ
そしてひときわ暗渠にして暗黄を鎮める古参パリーニ・リキュールの瓶のお出まし
夜来の《風倒木》やら画題のそれもこれも

ありていに言えば
june bride たる女王アリの巣を乗っ取る
端正なトゲアリの黒光りの
輝度を追え！　守一（もりかず）の草競馬のような蟻たちよ

［補註］臓器の名称と計測値はすべてフェルディナント・フォン・シーラッハの《コリーニ事件》（創元推理文庫）六二ページからの引用。数値のもつ意味については同書では明らかにされていない。

境目、あるいは越境

(急性大動脈解離stanford BでERに夜間緊急搬送されて後、1/11~2/15入院をよぎなくされ、そして2/15リハビリ転院して60日間に及ぶ入院期間中に、ベッド上やベッドサイドで読み散らした文庫本、雑誌、詩誌、新聞のスクラップから収集した文字の裸枝の束、くたくたになった文字の群れ、を若干のコメントを添えてここに朝食にかじるビターチョコレートのかけらまがいに筆写する、順不同で。)

《急激な内臓の押しあいへしあいにおそわれた》
(大江健三郎『芽むしり仔撃ち』新潮文庫から)

この事態を換言すれば——体内の尖ったプレクシグラスの乱数がぎゅうぎゅう暴れまくる

《私はせめて億年ののちの人々に向って話そう、血を吐くねずみなのだと》
（村上昭夫未発表作品から）(1)

もっと強迫的に述べれば
血まみれのねずみの骨！
じゅくじゅく血腫沼、ああ地獄のぽつぽつ脳の血栓

《冬の夜は無という黒いレンガで自身を塗り込め始めた。無限の巨大な空間は盲目で音聞こえぬ岩へ、》
（マルツェリヴェロン（ブルーノ・シュルツ）「ウンドゥラ」加藤有子訳、すばる2021・3）

《退屈、退屈、退屈。夜の魂のどこか深部で、孤独なひとびとが冬の暗い廊下をランタンを手に進む》
（ibid.）

これはハサミ・刃物・カミソリｅｔｃ持ち込み禁止の入院生活の実感として最適
石巻〈奇跡の一本松〉の前でヴァイオリンの惜別の擦奏、血涙奏をひびかせる、イブリー・ギトリス！　雲海に映し込んで、演奏を青空残土に届けと(2)

今やセピア色になった小学校時代には初々しかったＮさん、Ｕさんらとあわよくば口ずさむこともなかった
しれっと丸写しの泉鏡花の俳句をどうぞ

わが恋は人とる沼の花菖蒲
行燈にかねつけとんぼ来りけり
山姫やすゝきの中の京人形

すべて俳人岸本尚毅・選
白銀は招くよ沼・とんぼ・京人形からなる、はるか明治の小文字のマニエリスム(3)

上述のとんぼに関連して
３５０万年前の地層に幻想的に浮上し着地した
ホタルの化石の写真をじっとみつめる。(4)

うそぶくように
右半身に痛みが走る
肋骨が痙攣している
フラットに達するために
心緩めて
リリカを呑んだ

（谷合吉重《リリカ》雨期76号）

ちなみにリリカというロシア語の水滴のきらめきに魅せられて、この6行を引用する。
アルセーニイ・タルコフスキイ詩のロシア語のレミニッサンスよ・痛覚よ！

《雪に埋もれ小山のような厳めしいエゾマツの密集した分厚い壁で獲物と私はまさに隔てられていたが、もう耳で聞いただけで分かっていた——獲物は普通の兎じゃない、奴は小心者ではなく、凶暴な生き物だ、胸の内側で心臓が早鐘を打つように鼓動し、肉食獣の無分別な焦燥感に突き動かされ、私は崩れ落ちた雪やチクチクと刺す針葉や硬い枝をかき分けて進んでいった——》

（ヴラジーミル・テンドリャーコフ「幻想への挑戦14」、内山昭一訳　モーアシビ第40号）

※白い乱数表的な重装備のロシアの風土性そのものではないか、と単純に腑に落ちた!!

《漆はあの質感がいいんですよね……
宇宙の果てから生まれて
きたみたいな》
《なんと一度固まった漆は、
酸でもアルカリでも温度変化でも、

ほとんど劣化しないという、そのため
縄文時代の漆製品がほぼそのままの姿で出土したりするそうだ……
《やっぱり、宇宙の果てから生まれてきた物体――》大崎さんはしみじみ言うのだった。
（二宮敦人『最後の秘境　東京藝大』新潮文庫から）

ここでラストチャンス闇のダイオウイカの《触腕は切れて（しまいやすい）》、
したがって endlessness の触腕は2本とも途切れている……
ノスタルジックな最後の空色狼狽のチャンス！
ノスタルジーの柵の外へ[5]

P・S
（文庫、雑誌、詩誌、新聞のスクラップ――新聞はすべて自宅から届けてもらった朝日新聞を指す〔(1)1／20（のちにコールサック社から刊行）、(2)2／10、(3)2／7、(4)1／23、(5)2／16〕。ハサミ持ち込み禁止なので記事の周囲を毎回指で引き裂いている。）

境目、あるいは越境 second version

ドクターが紙にすらすらと書いてくれた
心臓の解離図あるいは橋梁図――いわば会津バンゲ町の
在りし日の春日八郎の山の吊り橋にゃ
親子象の目のような
形状的には弓張月といえる素朴な図解をじっと見つめた
病棟の起床時間にちかい早朝の脳裡を滑走しつつ

深夜発症当時
ちっとも動けないのは金縛りというよりは、
体内でとがったプレクシグラスの群れが
これでもかとぎゅうぎゅう暴れまくるのだ

直後に読んだ《芽むしり仔撃ち》に
《急激な内臓の押しあいへしあいにおそわれた》という記述を見つけた、
フィクショナルな絵空事ではなくギトギトやすりを研ぐような体内実感だった
——あるいは小坂淳のCG「聖火災」を参照のこと
言うならばびらびらはねる紙肉の内臓だ[1]

急性大動脈解離 stanford B との診断名は
マゾヒスティックに気に入っている——こまった性分だが——
あるいは最終的な対のAとBの札のちがいで、死の解離図形はがらりと変わる、

ここでなぜか《エレニの旅》という
テオ・アンゲロプロス監督作品の遠ざかるタイトル・ロールと
水面の青色と灰色の日輪をともにちりばめたスティル写真[2]を思い出した。

こうして朝食に思いきりビターなチョコレートのかけらをかじろうか、
朝食の準備がととのいましたという館内放送の始まるまえに――

P・S

――自宅から届けてもらった朝日新聞〔⑴2/25、⑵2/5〕は、ハサミ持ち込み禁止なので、毎回指で引き裂いている。

つねにAとBの幕間で　first version

これで万事休す、とするには
もう二、三時間しかない
まだ死ぬ直前ではなくとも
じっさいに死ぬ前に
どうしても描いておきたいと思ったのは
空色のまっさらな地面に
黒っぽい灰色のボールペンで
なんども引っかいた線条痕

ヴォルスの埃っぽい破線の群れとは
これはいい勝負だ！　空耳に付着した

うす汚れた生コンクリのバケツをぶっちゃけた
《壁の傷跡[1]》とは、
《ゴッホの線の黒い傷跡[2]》とは。

あるいは濃く黄色（ダークイエロウ）に
底光りし、なおかつ沈着しつづける
セシウム吸着装置——
乱暴すぎる黄色い池だった
そこにはどんな放射性レンコンが
成長しているかと
思わせる、あざやかすぎて
裸眼では目玉がたちまち潰れて
しまいそうだ——統計学上、
トホホのランダムウォークでこじ開けた
このダークイエロウの沈鬱なる頁を見ろ！

《そして羊歯の葉を這う蝸牛。[3]》の
静かなる恐怖！
急速に酸化する
妖怪リンゴの
芯の耄碌知らず！

［補註］1＝2／27朝日、2＝（A・アルトー）、3＝（奥泉光）

つねにAとBの幕間で second version

海市たつ噴ける未来のてりかへし（加藤郁乎）

たとえば長期療養中の大病院では
深夜あるいは小雨まじりの早朝
だれしも耳だけの存在になる
霧のようにますます深くなる
闇の痩身はやすり
そして口裂けトリガー

ぐにゃぐにゃ褐色の
大洪水であれ

ジグソーパズルの絵柄には
各ピースの紙マホガニイの耳がきっちりはまる
ジグソーパズルの得意な――
ＩＣＵ滞在中に悪夢のマイムに登場した
天才少女スイマーはあえて
ヒルベルト空間に飛び込もうとする

病巣の美しい羽の雀たちが――
ある日突然巣立って
多臓器のしじまに飛び火し
やがて脳みその一角に不時着するだろう
転移炎上ゆらめく火砕流！

今朝は霧が深くて
《ブルー・ブルー……　ブルー・シャトー》[1]

一声ありがとうございましたと
なんだか退廃的な声がして
まるでwhip & washのセンサーさながら
ぽつぽつミニッツの砂粒は
減塩の流動食に砕け
劣化した爪痕のように
なんどもつぶやく、はり裂ける
本当はこれから何がしたかったのかと
傍らのやさしい若い女声に問いつめられれば
何かしたかったたんだよなと
ただ言うばかり——
さあいよいよ2人して《雪中行軍》だ——

(2021.3)

[補註] 1＝半世紀以上前のグループサウンズ、ブルーコメッツ最大のヒット曲

移動祝祭日の朝、

頭脳は——空より広い——だから——
二つ並べれば——そこに空が入ってしまう
（エミリー・ディキンソン）

たとえば朝刊のナスダック市場に点在する
空き地にころがる空缶もどき
《空室》なる文字を空欄の四辺のように
わざとかすめる天変地異の煮こごりの地図
チモールのゴリ付近を
赤道またぎに思わず滑走する極楽鳥の頸

眼下の頁に漂着した
絶望の断崖を解読できない絵手紙の差出人の
ハンストによる原因不明死に
接し、病状は未解読ながら
おのずとしばらく涙がとまらない
無数のコンマの連打と同じく、
薄青く灰色がかつた窓から
いたたまれなく
《今日、私を連れて帰って》と——

たとえば
あの約束の場所へ
《月に行きたい》とうそぶきつづける
四月生まれの
宇宙飛行士ガガーリン少佐は

コスモス搭乗犬のように依然として行方不明、
ひからびたヒロイズムともども
波消しブロックの片隅に
溺死体が打上げられた、フェイクかもしれないとしても

ブロッコリイを蒸(ふ)かせばつややかな深緑の架線
カンタータの放送開始を前に
独特の句切れで、着水する宇宙デブリのように
――伊豆諸島、夜、雷をともなって
雨、はげしく降るでしょう

［追伸］
表題の二週間後の脳裡には、BSプレミアムで放映された映画「聖の青春」に漂っていた、政治的ならざる主人公・聖（さとし）の病状の緊縛の冷気が焼きついた、画面の大阪環状線と海景もなんだか寒々としていた。

［補註］詩行の最後の2行は4月29日の午前6時頃のラジオの天気予報の聞き書き。

〈火の棘〉——第2版

みるからにセピア色の唐変木じゃない
ワン・クリックで《雲火霧》
悪意の突出いかんでは
たてに《揺れながら》火花を収集しながら
炎は瞬時に巨大化するだろう
そもそも殺風景をかたどる
無残な花火のプロポーザルだとしたら
燃焼実験のほうはあくまでも
予定調和の冒険におのれの成否を賭ける
データ収集は快楽原則とは縁遠くても
尖鋭な《火の棘》の画像をもたらす

ルビンギュールの天辺への噴射とはまるで異なるが
絵画的に《火の棘》と称しても
あながち詐称とは言えないほどの
飛沫防止シートの瞬間的記録映像だった

透明なシートは
火事のあかあかと崖線の
後景に退くや透明性はひんまがり
魚の背骨の突起もどきを火焔のようにぶつけあう
暗赤地に黄色の魚の骨
たとえば出来たてほやほやの焼き魚の尾骶骨のように
不揃いのとげとげしい黄色の火花だ

あるいは噴火湾内に滞留するアルマジロの鉛色の鱗火花
かつて短語尾レアーレンだった

エルテ誌のページに陣取った禍々しくも
華麗なるアルファベットの火文字体を
ライン・ダンサーズ＝文字ドレスの炎上よろしく
あいついで想起したくなる。
火の《結び目》をほどくように

この画面の左右にぽつんと意味ありげに
黄色と茶金色の混在した二本のポールが
傾きながら立っていた
その間にはいくつかの四角い火球が浮遊していた
いまや色彩的に火急――
《じりじり》山嵐の剛毛全開
頭蓋に火事の《フィルム》が絡まる夢想家
《闇の中》火の鳥は茶褐色のインカワシ島へ
はっしと飛ぶ――一万本のサボテン＝鞭上にバウンドする、

茶褐色の石油タンクを鉤爪で吊り提げて。

［補注］

飛沫防止シートの燃焼実験＝枚方寝屋川消防組合が実施した飛沫防止シートの燃焼実験のカラーの記録写真。２０２０年7月16日朝日掲載。

エルテ誌＝アールヌーヴォーを牽引した豪華美術誌・ファッション誌。ロランバルトが現代美術論のなかで論評した。

茶褐色のインカワシ島＝ボリビアのウユニ塩湖に浮かぶ茶褐色の島。一万本のサボテンが林立する。またの名は《魚の島》。

（大鴉の目撃情報）

フェンスの上でじっくり羽が艶めく、そもそも
大鴉の羽が鑞引きされたのは、綱渡り芸人のサウスポーの妙技
真四角に区切られたロスコの窓に向かって wire cutter を開脚し
カアと啼いた、舐めると痺れるアジサイ毒はまだ咲かずとも

（影の格子）

当地の剝きだしの鮫の歯のようなムクドリたちはといえば
おそらくは手近な木立にうってつけの居場所を確保するたびに
地域住民の耳時空でガァーと濁音でがなりたてる

もしかしてこれは《何でも知っているカラス》の元祖
フウチョウの蘇りだなんて、忘れるもんか
たっぷりノイジイなＭＲＩ＝騒音音楽の祝祭！　震える頸椎！

（人の死に顔が）

人の死に顔が瞬時にデスマスクに定着されるとしたら
海辺の音楽室に安置されたベートーヴェンの石膏の胸像
は埃をいとわず青空残土にひびけと張り上げる不揃いの歌声を聞き届ける、
中学時代の音楽教師の cosmetic 流儀は熟年の整形に突入したからこそ

かつては男装の taxi driver 似にしてもっぱら《エリーゼのために》だった風貌を
あわててその面影を探そうとしたら先生はつるんと無表情だったが、
雀斑彗星の軌道がさらに亢進する先生の指先はといえば、複数の新作変奏曲がじんじん
脳裡でひばりの夜汽車とともに焼け残る。晩夏の耳を聾する蜩のハンマークラヴィーア

（ある日の PHOTOSTORY の臨界面）

先行するメタレアリズムの
白抜きのレントゲン写真、
白い防護服が
真新しい白い包帯のようにひらひら
白い屠場のおろしたての白銀は招くよ肉切り包丁
のように垂れ下がっている空間で
スクラップにいそしむハサミのたてる微風でもささやきでも
激しく全身的にゆさぶられる
防護用フェイスシールドと同じ透明感に映える眼鏡をかけ
彼の匿名の肥満体をうかがわせる
白い防護服ごしの

ブルージーンズとサスペンダー
健康食に育まれた両手の肉色が
塗り立てのペンキ以上に生々しい
静かに重力にしたがう白い防護服姿の作業場にて――
ディテールを消した最終処分の作業途中で
たとえば急に尿意を催したら
どうするんだろうか、なんてこの写真の仕事人には
やっぱり大きなお世話か、それとも解せない白昼夢の末端で
とにかく白づくめの影の隊列をなしつつ垂れ下がっている――
白日の空中から何度も白い紗をかける、積荷は希少動物たち
一九世紀の大海原でのウォレス船《船火事》の読後感の白煙を参照しつつ
文字通り火に油を注ぐような白い火葬場の
いわば雨脚の白いしぶきを
脳天で必死に受けとめる
しゃばしゃばしゃばしゃばと高熱の波打ち際の

まずは白い連写の波形を
忘れることなかれ！

［補注］
先行するメタレアリズムの白抜きのレントゲン写真＝ロシアのメタレアリズム詩の旗手だったアレクセイ・パールシチコフの一九九六年モスクワの書肆《イッツ・ガラント》刊行の詩撰集はレントゲン写真のフィルムに擬したトレーシング・ペーパーでカヴァーしてあり、加えて数枚のレントゲン写真（すなわち肺、肋骨、喉、顎、背骨のレントゲン写真）に擬したトレーシング・ペーパーが挿入してあるのにちなんで。

（天然芝のトラさん）

馬の屁に目覚て見れば飛ほたる（小林一茶）

テレビでこのところ毎週お目に掛かるトラさん映画、
放映フィルムはディジタル修正版でもCMだらけでぶつぶつ
途切れ興を削がれることおびただしい
映像の連続性ももちろん削がれる、かつての観光バスでの
すりきれた映像の連続性に空洞ができたというか確かに凹んで
感情移入の泥濘に思わず当時のねむそうな足をとられる
それでも画面に必死に食らいつくのは
どうしてなんだろう？
台詞まわしの寸鉄がギラッと発光するからか

死後《風天》という句集にまとめられた
トラさんこと渥美清の《絶唱》二百十八句をことごとく
《おいらの》唇に乗せてみたいもの——
ほうら一茶の唇で点滅するほたるのように。
ところでトラさんの静寂と不穏は紙一重
トラさん映画では海賊譚の寸劇も
いかなる感情の海山火事も
屁のかっぱ！　なあんて
風天いわく《ほうかごピアノ五月の風》
トラさんの何気ない仕草で
あるいは早口の声色の濃淡で
観客は誰でも《後腐れなく》破顔一笑だ
あくまでも鶴田浩二の後塵を拝することなく
雨天でもすくすくと《筍》みたい。

〈ロックダウン寸前の人影〉

メキシコ湾岸流の猛威を白昼夢の窓際で遠望しつつ
対岸の縞模様のシャッターの前を
歩く二人の通行人
の影、かろうじて肉づきの良いと判別できる
横顔とお互い腕ふりスローモーションショット
影の格子が逃走ロコモーションとて
黒ぐろと描き込まれた
同語反復的に黒い壁面あるいはワルシャワの地下水道だったか
ざらつく元・漏水画面を剝がせば
じつは打ちっ放しのコンクリートだったのか
そもそも年代物の石造だったのか

いずれにせよ現物の黒色火薬やオブジェの導火線の
褪色した被覆の色をさらして
隣接するそもそもは白銀のシャッターには
灰色と部分的にオフホワイトの残滓たる人物像
その右隣はその名も斜陽のバー《冬隣》の看板のように
灰白色の野鴨で、デパートの名前には
おもむろに死んだ兵士の歌を口ずさむ歌手の唇と同じく
ワインレッドの口紅を塗る
すわロックダウン開始とばかりに
闇のタータンチェックをぬって想像裡であれ
ウィスキーのチェーンソーが脳内を駆けめぐる
かろうじて肉色の刃と判別できる
身も心も直接性のぎらつく反撃はあるか？
それとも白くシンプルなスクリーン座薬を所望する？
こうしてシンクの水切りストッキング網から

鯵の目玉が平然とこちらを見上げる

あるいは冗談音楽のシリアスな試み——第3版

もっぱら虚数として
うっとりしてひっそり閑と
有刺鉄線状の斜線を見上げると
火箭敷のボードレールよ
ボタンひとつで熱砂スタンピードを呼び込む
無人のサイバー弾道空間へ
末広がりのぎちぎち君すらも
内心には空き瓶がころがっている、
もちろん草ぼうぼうの空き地
それとも草競馬のチキンレース中の馬脚に
鉛色の忍び返しをはたきつつ——

厚塗り満載の空洞化も
まいど絵空事の狼藉だから
死鯨じみた酸素ボンベがごろごろ
沿道の空き地にはとてもじゃないが
ロックダウンのマルメロ・ジャムをば
だんだらハイパーチャージおよび
砂埃の事前予約はいらない、

ティンパンアレイの
鼓膜の破れるような爆音を投下する地上では将棋倒し
《蝶番》の外れるような猪首の表層なだれ
ラニーニャの渦流のじゃじゃんかわいわい
はずれかけたジョルダーベーコンめがけてグアドループ島を出航する
超ロングボディーの油槽船！
今もちみもうりょうたる紫煙のたちこめる中

ヒッチコックによれば
《これはただのロープだから
《もう怖くはないだろう、
《ただし初版本の結わえ方だけは
《充分気をつけた方がいい——
鉤裂きが多重にうずくまる
白皙の腱たんぶりであればこそ
キングトーンズ・ギドラシリス形の山なみ、

路頭に迷ったキャプションもどきのクロノロジー&サウンドスケープの波紋

——マリー・シェーファー讃江

2021・8・14

暗い《瓶底なみの》水中眼鏡の眼球
ぐいぐいメタボリックに
デフォルメ態&半永久歯の残滓
プラス安っぽいコップにも反射する光線恐怖症
に対峙せよコックファイターズ

2021・8・15

単純に、八月の青林檎3個の
横並びに隊列を組む、

薄緑色研究の切磋琢磨
うんとスピンをかけようか
鶏頭メイクでぞろぞろチキンレース
これでオズマの問題の所在は
どうなる？

2021・8・16

安物のハンガーのT—シャツのTボーン架刑は
セミの尻切れトンボのような啼き声
灰白色の重力の表情研究にふさわしい！
プラスチック水槽内のバナナの可食性の可否に加えて
想い起せば
クレラップのCMに出演後のおしゃまな女児たちの行方はどうか

2021・8・17

スクラップ済のびらびら金色熱波、
近頃のギリシャの山火事連鎖
真夏の肌にゆれる金色の炎また炎の
テッサロニキ近影！　どまんなかの
丘の上のピンク・フロイドの楽曲の
脳内イコノロジックホールダップ

2021・8・18

動物王国の曲がりくねった木の人工関節と
ルリコンゴウインコならびにフタユビナマケモノの
のそのそ蝮の絡み合い！
解体途中のダンボールの伽藍＝ガラパゴス島ならでは
作業療法のスライダー＝肘グライダーを往復させる
実用新案特許を取得しないまま、
セルフメディテーションの添え木

白くふわふわｃｆの切れ間に
ラドガ湖のような青空のかけら

2021・8・19

掌中の
セルロイドの小球を見つめる
真剣なまなざしの刃先
かつて試合会場に
登場したときのまなざしは
もっと穏やかだった、
試合巧者の濃赤色だから、鮮やかにパレルモ
さて
銀杏の落下には不都合な
断裂の重ねがさね黒ぬり開示は
グロテスクな製氷皿

2021・8・20

おとといの雨に打たれたか
アパートの出入口に
セミの死骸が2体ころがっている
急速に干からびるのだと
鳥ガ騒いでいた気がするが――
面白い鳴きまねを自分もしようか
しきりに外壁をブラッシングするように
鳥が鳴く真夏の夕まぐれ
クァクァクァクァ――マネの《静物》の黄色だ

空の灰青へ

巻積雲の残映は
鱗状にあるいはレンズ状に
相次いでとびはねる
緑と赤と白と黒のグリッドを
すずめ蜂の刺創から蜂窩をつたって
白紙の天気図にむせぶ病巣に
白銀メタリックに招くよフェルマータの眼(まなこ)
晩夏の黒曜石の破片にくびれる
しつような湿舌へ
しかも乾燥した蹄鉄の錆を
ちりばめる、散布する

きなくさい扇風機のこねる
温風を採血しはじめる
少年の耳はアップルパイの林檎
遊泳禁止の飴色に
よじれる、傾聴する
ハシブトガラスの発声練習をラジオで
カアカアリピートする——
未必の故意だ
コンクリの裂ける惨状を思った、
ツーアウト、ランナー三塁を
赤瀬川隼よ想定せよ……
緩傾斜を静かに昇る蟻の隊列
雑草がにわかに微風に
ゆれる、茶色っぽい偽装葉を
蝶番のようにひらひらさせる——

砂をかむ跳躍よりも
その少年は十字懸垂がにがて
パレットは土の悲色に裂けてしまいそうだ
着任したばかりの地理の堀内先生は
見るからに口べただから
あの校庭の百葉箱から
必死の笑顔が切り出された
大気の息づかいをコマ落しにするように

二月末の《弦楽セレナーデ》

きみの死顔を見ていると
きみの心残りをゆっくり急いで喋ってくれそうだ
ランダムウォークもどきに。
あれだけへたくそなぼくの絵を
しきりに誉めてくれたのに、
じぶんのこととなると秘めたる画才を持て余していた。
ドガの風景画についての熱弁は
ヴァレリイ以上に説得的だった

あるときはじぶんは料理は上手に作れないと言いながら
料理ノートに丹念にレシピを書きつづけた、

ぼくには野菜の絵を表紙と裏表紙用に所望した。
だから調理するのがややこしいので、
電子レンジを買ってまで
グラタンに挑戦しようとはしなかった。
あるときは茂吉の《赤光》の中の
全焼した青山の脳病院のフレーズを突っ込んで訊くと、
常識ないなあと一瞬気色ばんで
笑いながら切り捨てた、

死顔がまた語りだす
ぼくの病気が全快したら
ゆっくりふたりでどこか旅したいな、と。
旅はあくまでも練習また練習だから、と。
彼女は後ろ姿のよく似合うヒトだった。
ぼくの旅写真の名ショットを2点あげれば

①音威根府の天塩川方面へ向けて
道々の闇の中へ消え去る彼女の後ろ姿、
②あるいは昼下りの尾道のふつうの商店街を
人さらいにさらわれていこうとする
彼女――もちろん彼女の迫真の演技だが…
なんだか写真ハガキにぴったりの
後ろ姿ばかりで
遺影には使えそうもない…

彼女の《面影》草子から　revised version

夕暮が遠くで太陽の舌を切る　（左川ちか）

ある日半開きの店頭のガラス戸から
シューシューと風切羽＝金属的に
ゾーリンゲンの刃物は
生ぬるい微風を裂いて行ったりきたり
金物屋の刃物さばきは
若くとも手なれたものだ――
一週間ほど前に研ぎを依頼したのは
きっときみだろう
さあこれでよく切れるようになったが

このゾーリンゲンを試めしに
きみが使うことはあるまい――

きみはさほど花屋を訪れたことがないと
女友達は思っていたようだ
きみはもっぱらアネモネ党だったと
あくまでも言い張る
アネモネは濃い《夕闇》として開花するや
あっけなくシャーレ上の脳片のように
《断崖を通過し》
おまけにぼくには
アネモネは《得体の知れない》花だった
いきなり路地裏の沼地で
人面化するような花だったのに

いつも猪首のホルスト・ヤンセンにならって
本物のアマリリスを欲しがって
これじゃあ季節はずれだよと
きみに大笑いされたこともある
——どんなお花をお探しで
と花屋の店員に声をかけられると
たちまちぼくはだんまりのヒッポクラテスを決めこむ
《落剝》するツェランの《さくそはな》をと
応じたら、果してどうなるか？
こんな場面で花の名前をすらすら挙げるのは
どうも虚仮おどしみたいときみは嫌がった、
窓の外でいつしか降りだした雨に
とにかく《油断》しようものなら
黄色やサモンピンクや藍染めまでも
花の首はガクンと折れるから——

ガラスの花瓶水の腐り気がいや増すから――

あの夜の脳内出血の予兆は
あつい湯舟につかりたくなるほどの
ひどい寒がりようだった
寒い寒いとつぶやいて
フローリングの床上の敷布団から立ち上がり
新品のマスクをつけ直し
さっそく机上の加田伶太郎よろしく
すーっとそのまま闇の中へ消えた
なぜか花びんのにごり水の中で泳ぎだす
魚類の転倒《パントマイム》のシルエットを
見た、レンズの外れかけた《今宵》も
《傍目》もふらず底冷えるのに
近着のアラディンのランプ印の

ポータブルガスストーブは使われずじまい
きみが亡くなったのは
ちょうどその頃だった。

ところで重い骨壺のなかで
折り重なりつつ、きみは
隣家のシャボン玉遊びの歓声を
ちゃんと自分の耳で聞きとれただろうか?
超低空で飛びまわるシャボン玉の群れを
しかと見届けられただろうか?
フェルメールの描く半開きの唇を
やみくもにスピンオフして《破断》
ぼくのほうはルンゼとリッジを《這い上る》
ルービックキューブ3×3を
試しに空っぽの壜と交換した

雨もよいのコンクリート塀の上で
大鴉はリコピン威嚇的に
語尾をアッアッときざんで
いわく《3は魔法の数字》……

ノンフィギュラティヴ燃焼の火花を

（すわ顔役が）

小皺ばかりのフィヨルドの切れ込み
銀色の残滓としての焼き魚
火事の現場で断裂するR・サビエの
焼失したアトリエに
屍体は見当らず、顔面テラロッサ
それでも痛恨のブレード願望の痕跡よ

日頃気まぐれに投げ込まれる
ぺらぺらの遺品整理屋のチラシ

どこで死の気配を察知したのか
雨あがりのバンクに置き去りの
神経叢にぴくぴく連動する輻射熱
競輪選手の動体視力の摩擦熱！

（九月の雷鳴）

いつもの交差点を渡り終えたところで
巧みに撮影機材にレインコートを装わせ
九月の雷鳴を合図に
駅出口から傘は骨だけ
横殴りの雨と真っ向勝負をいどむ
駆けだす無謀な乗客を
数秒間のテレビ放映のため

好アングルで待ち構えるＥＯＳの
位置取りに長けた老練なカメラアイは
びくともせずもっぱら稲妻を魚籃へ――

（ジャミングの行方）

夜来の半島からのジャミングも
路上のレミングも尻上りの虎刈りも
その影の暴走ももっぱらミモザ作戦の光芒
音頭とるコブラツイストの連続技
たる《ガウチョ節》よ、

蔓も地衣も海藻類のウェットスーツも
いずれも退屈しのぎの《恐怖のオアシス》
自炊的にあおるプラスチックスープも

有毒なイエロウケーキの刀入も
garbage ごと海原をぷかぷか移動する！

（ギミックサラダをもう一度）

汗みどろのキャベツの偏頭痛とて
見た目にジャンクポテトのなれの果て
だから唇の痕もピーマン曲面にぎゅう詰め
肉はピューマ印のショルダーのみ、
グイッツォ！
脳震盪なみに
ぴちぴちはねるわい！

わが《イリュミナシオン》もどき

I　画家ヴェルチコヴィッチ

ヴェルチコヴィッチ画の血煙の括弧を
はずした双方のヴェクトルを追え
半身を捻っては叫び、叫んでは乙字型に捻り
とっさに指紋の渦をはずした尾根筋
小柄で無防備な《エレーニ・カラインドロウ》：
楽曲なるスプラッターもどき、
ころころした体形の濃厚《ソリプシスム》の
括弧をきいきい歌姫ヨゼフィーネさながら
各カタストロフの仰角を

喉のアポストロフに引っ掛ける
季節外れの喪服のほつれを思いきり
《メタセコイヤの並木道》へどうぞという
新聞広告に乗じてノスタルジックに
油彩の死臭が今日も赤くたちこめる

II　冬の旅

冬枯れの荒れ地（ゾーン）
として
の、おおアンドレイ・タルコフスキイよ
ぎらっとレンズに反照して
冬たけなわの待てば海路の波浪警報
焼け焦げて黒い柩なり
これも吃音空の黒い裂け目

どす黒いアイスピック氷の賭!

III 多連装の釘男ギュンター・ユッカーへのオマージュを

反物質の《爪が引き裂く時間》の
舌の根も乾かぬうちに
取り急ぎ流失しようとして
見る者の眼圧のかかる
ヴェネツィアのとある運河の
青緑のどんより濁水面にも浮上する
それでも水彩の水玉の《光り輝く水》よ
釘男ギュンター・ユッカーの釘庭は
芽吹きのぎざぎざに血液を抜栓する
ほーら、発掘現場の羽休み!
羨望の要木枠の壊れものとして運ぶ

釘だらけの頭部がシュッと擦るスタシス鍵盤
蠟マッチたる釘だらけの猫背用椅子

Ⅳ　彼自身による事件の起き抜けの慌ただしい現場検証に代えて

マックス・エルンストのピクトグラムの掉尾を
文字通り翻訳すれば
……わたしが目撃したのは
ひと番いの白鳥たちの
《高病原性たる鳥ウィルス》のはらむ飛翔だった
壮麗なるかなはばたきは

（訳註）フロイト博士の聴診器がとらえる欲動の鼓動に今もって注目！

V　マリーナ・ツヴェターエヴァの長篇詩《鼠捕り》の《vanishing point》まで

ティルマンスの接写した画面から
石畳の下から眇でうかがう
二〇世紀末のベルリンに棲息する
鼠の赤い眼、
まなこという海鼠(なまこ)よ
かつてハーメルン近郊のヴェーゼル川へ
大挙して失踪した鼠たちの生き残りの光芒(ルーメン)
これはれっきとした蘇りだろうか
このほど《笛吹き男》の正体を
冷静に深索する新刊書が出た

VI　ともすればアンダーグラウンドから

ともすればアンダーグラウンド発祥の
二重底の埃まみれの逆光線を
一揆へと駆け上がる動詞の勢いが
流民たる変異体ビジアコ。
《空き家》だ、灰白色(アッシュグレイ)の額縁に
《嚙みつけ》スタシス！

《白い歯で》ロ・ジンガレッリの
言語地形の急勾配を登りつめる
手負いの健脚は稲妻のヒゲだろう
ここでマジックアワーの豹(ひょう)皮をあぶりだす
メタボリック・シンドロームの
闇はだだっ広い。

削岩機がうなる

ルビンギュールのガスバーナーが遠吠える
無色無臭のガス栓をひねっては
やつぎばやにコンマを召喚する。
虚無的ずんどうの何をいまさら空洞なのか
それもこれも絵空事だとしたら
徒手空拳で空無を切り取れ！
スタシス憧憬の
横顔と頭蓋の破れたゴヤの原画の所在は？

［捕註］
《空き家》《噛みつけ》《白い歯で》＝いずれもリトアニア出身でポーランドの画家スタシス・エイドリゲヴィチウスの作品名。いずれの作品にも二〇一九年秋、武蔵野美術大学の美術館で勇躍対面した。
《ロ・ジンガレッリ》＝定評ある現代イタリア語辞典。

たなかあきみつ
1948年三重県生まれ
詩集に
『ピッツィカーレ』(ふらんす堂、2009年)
『イナシュヴェ』(書肆山田、2013年)
『アンフォルム群』(七月堂、2017年)
『静かなるもののざわめき P・S』(七月堂、2019年)
『アンフォルム群プラス』(阿吽塾、2022年)
翻訳詩集に『アイギ詩集』(書肆山田、1997年)ほか。

詩集

境目、越境

たなかあきみつ

発行日 2023年3月20日
発行 洪水企画 **発行者** 池田康
〒254-0914 神奈川県平塚市高村203-12-402
TEL&FAX 0463-79-8158 http://www.kozui.net/
印刷 モリモト印刷株式会社
ISBN978-4-909385-43-7